모아드림 | 21세기 | 기획시선 ㉓

웅덩이를 파다

이상호 시집

2001
모아드림

웅덩이를 파다

글쓴이 / 이상호
펴낸이 / 孫貞順
펴낸곳 / 모아드림

1판1쇄 / 2001년 1월 8일
서울 서대문구 북아현3동 180-22
전화 / 365-8111~2
팩시밀리 / 365-8110
E-mail / morebook@netsgo.com
http://www.morebook.co.kr
등록번호 / 제2-2264호(1996.10.24)

웅덩이를 파다

내 마음의 감옥

　　1996년 가을에 네 번째 시집을 세상으로 떠나보낸 이후, 정신의 막막한 벌판에서 어느 날 문득 마음 깊은 곳을 찌르며 다가온 것이 '감옥'이었다. 나이가 들수록 오히려 집착은 깊어지고, 뭘 조금 알수록 거기에 얽매여 평상심을 잃어버리기 일쑤인 내 자신을 돌아보면서, 산다는 것은 결국 끝없이 감옥을 만드는 일이고 그 속에 제 스스로 갇혀서 허우적거리는 꼴에 다름 아니라는 생각이 절실히 다가왔던 것이다. 그리하여 '감옥'이라는 부제를 달고 연작 형태로 쓰기 시작한 것이 60여편에 이르게 되었다. 그것들을 이제 큰 감옥 하나에 옮겨 담으면서 연작 형태의 고리를 풀어주어 비록 또 다른 감옥 속이기는 하지만 제각각 살아가도록 했다.

　　짧지 않은 시간 동안 내 스스로 감옥에 갇혀 우리 마음과 삶에 드리워진 온갖 감옥들을 탐색해 보았지만, 아무래도 우리가 깨끗이 눈감기 전에는 완전 자유인이 되기란 애초에 틀렸다는 생각만이 또렷이 다가올 뿐이다. 이런 생각을 하는 내 자신이 이미 헤어날 길 없는 감옥에 갇혀 있는 것이 아닌가! 그래서 우리가 이성을 가진 인간이라는 것이, 또 남보다 뭘 조금 더 안다는 것이 무슨 의미를 지니는지, 이런 생각들이 자꾸 가슴 한 켠을 헤집고 허물어뜨리는 요즘이다. 그 알량한 앎에 얽매여 제 고집에서 놓여나지 못하니 말이다.

　변변치도 않은 작품들을 또 습관처럼 시집으로 묶어내면서 또 다시 많은 분들의 신세를 지고 말았다. 특히, 너무 송구스러워 모기 소리만한 목소리로 말씀을 드렸더니, 그 바쁘신 중에도 기꺼이 해설을 써주신 윤재근 선생님께 감사드린다. 살아가면서 알게 모르게 많은 분들로부터 입은 은혜 태산 같아 그분들께 일일이 다 그 은혜를 갚을 길이란 너무도 난감할 따름이지만, 우선 정진 게을리 하지 않으리라 다짐하는 일로 그 갚음의 억만 분의 일이라도 대신하고자 한다.

2000년 12월
안산벌에서 **이상호**

차 례

■ 시인의 말

1부 · 적멸을 꿈꾸며

2부 · 평화로운 아침

3부 · 웅덩이를 파다

4부 · 내 마음의 감옥

1부 · 적멸을 꿈꾸며

비 맞는 풀들

비를 맞는다
줄곧 몸을 떨면서 살아가는
풀들의 짧은 일생이

저요! 저요!
서로 먼저 일어서려고
다투듯 손을 든다

하늘 향해 힘껏 일어서는 일이
기껏 사소한 바람에도 허리 꺾일 일일지 모르지만
손들고 용감하게 일어나지 않고
어찌 저 먼 하늘을 꿈꿀 수 있을까!

짧은 일생이
마음 속에 항상 종종걸음을 만들어내지만
언제나 한 걸음도 옮기지 못하는 저 풀들의
끝없는 몸부림을 끌어올리며
비가 내린다

빗줄기 사이로 언뜻 비치는
하늘은 멀기만 하다

갈가마귀떼

고요한 겨울

하늘을 가르며

갈가마귀떼가 이동을 한다.

남쪽으로 한바탕

숨막히는 질서가

까맣게 지나간다.

가을강

물빛 한결 투명해지는 가을
강

생각만 해도 양파처럼
코끝 싸하게 아려오는
목숨

또 한동안
근지럽겠다

고찰(古刹)

오르는 길 내내
아래로만 내닫는 물소리가 들린다

내려가는 것이 오르는 길이라는 듯
고래고래 소리지르며
내려가는 물

물길 끊어진 곳에 솟아오른
한 채의 소슬한
적막

길

내가 가지 않은 길은 길이 아니다 그래도 길은 언제나 가고 있고 나는 언제나 가지 않는다 내가 가지 않은 길은 길이 아니다 이 한 마디로 나는 내가 가지 않은 길을 모두 지울 수 있지만 그래도 여전히 길은 가고 있고 나는 가지 않으면서 머리 속으로 내가 가지 않은 모든 길을 일시에 지워 버린다

내가 태어나기 오래 전부터 길은 있었고 나는 없었다 아니다 내가 없었고 길도 없었다 그러다가 내가 태어나면서 길도 함께 태어났고 나는 그 길을 달린다 그러나 내가 달리지만 길도 함께 달리니까 나는 영원히 그 길의 끝을 볼 수는 없다 그러니까 길은 없고 나도 없다 없는 길 앞에 서 있는 내가 무슨 소용이 있단 말인가

청계사 가는 길

마음에 가득 번지는
먹물 같은 그리움 안고
오늘은 청계사 길을 오른다.
다소곳이 도열해 있는 나무들 위로
내 욕망처럼 타오르는
노을 몇 점 뒤로 하고
어둡기 전에 서둘러 하산하려는 듯
종종걸음으로 내려가는 계곡물이
무어라 중얼거리는지,
저 물소리를 알아듣지 못하는
흐린 내 귀를 때리며
낙엽 한 장이 내려앉는다.
어느 사이 내 몸 가까이에도
가을이 내려앉는 것일까
아직도 청계사는 벼랑 위에서
아득하게 가물거리고만 있는데
온몸은 벌써 무겁게 가라앉는다.
그때 문득 등을 떠미는 바람,
돌아서지 마라

돌아서지 마라
까마득한 어둠 속에서
내 마음을 밀어올리는
맑은 물소리도 들린다.

물고기에 관한 생각

물고기가 부럽다. 어항 밖에 있는 물고기가 부럽다는 생각이 든다. 그런데 어항 밖에 있는 물고기가, 내 눈에 보이지 않는 물고기가 과연 어디에 있단 말인가? 그러니까 나는 부럽다는 말을 하기 위해 어항 밖에도 물고기가 있다는 상상을 하고 있는 것이다. 어항 밖에서 자유로이 헤엄을 치는 물고기가 있고 그 물고기가 부럽다는 생각이 헤엄을 치는 나는 물고기보다 우월한가, 그렇지 못한가? 이런 생각을 하고 있는 사이에도 어항 밖에서 유연하게 헤엄치는 물고기가 부럽다는 생각이 내 생각의 중심을 이룬다. 그런데 문득 그런 물고기는 없다는 소리가 번개처럼 눈앞을 스친다. 내 눈으로 볼 수 없는 것을 어찌 있다고 우길 수 있단 말인가? 그래서 나는 어항 밖의 물고기가 부럽지 않다는 생각을 하려고 한다. 뻔뻔스럽게 그런 말을 하려고 한다.

직립원인

아주 까마득한 옛날, 밀림 속을 헤매던 짐승 중에 우연히 고개를 들고 밤하늘을 쳐다본 무리가 있었습니다. 하늘에는 무수한 별들이 너무도 신기하게 빛나고 있었습니다. 참으로 아름답고 아름다운 하늘에 반해 저절로 감탄사가 터져 나왔습니다. 그때부터 한 무리의 짐승들은 아름다운 하늘에 이르는 길만 골똘히 생각하기 시작했습니다. 하늘에 이르는 길! 하늘에 이르는 길! 그렇듯 간절한 소망이 어느 날 그들의 앞다리를 번쩍 들어올렸습니다. 그리하여 두 다리로 걷기 시작한 한 무리의 짐승들은 하산하여 새로운 길이라 생각되는 삶을 살아갔습니다. 산에서 내려오는 일이 도리어 하늘로부터 멀어지는 것인지도 모른 채 줄곧 아름다운 하늘에 이르는 길만 생각하며 평지를 떠돌아다녔습니다. 그러나 아무리 멀리 가도 하늘에 이르는 길은 어느 곳에도 없다는 것을 조금씩 느끼기 시작하면서 그들은 하늘의 무서움을 아는 유일한 짐승이 되어 가고 있었습니다. 생각보다 너무나 먼 곳에 있는 하늘, 하늘에 이르려는 꿈이 간절할수록 하늘은 그들 마음으로부터 더욱 멀어진다는 것을 알게 될 날은 아직도 까마득하지만, 그들은 한시도 그 꿈을 포기할 수 없는 슬픈 짐승이 되어 끝없이 지상을 헤매고 다닙니다. 오늘도 지상에는 한 무리의 짐승들이 결코 오를 수 없는 아름다운 하늘을 탐욕스럽게 바라보며 어슬렁거린다고 합니다.

송사리떼

　동학사로 들어가는 다리 밑, 속이 훤히 드러나는 개울물
에 송사리들이 오락가락 뜨거운 여름을 식히고 있었다. 사찰
안에서는 물고기도 다르다는 듯 짐짓 여유를 부리는 것처럼
보였다. 그 광경을 바라보던 누군가 먹던 과자부스러기 한
조각을 슬쩍 던져 넣는 순간, 갑자기 개울물에 한바탕 소란
이 일어났다. 많은 송사리들이 번개처럼 모여들어 서로 먹이
다툼을 하느라고 조용하던 물 속이 일순간 시끌벅적하였다.
그 광경이 재미나는 듯 먹이조각들이 여기저기서 마구 떨어
졌다. 먹이가 물위에 닿자마자 수십 마리의 송사리들이 일시
에 먹이를 향하여 모여들곤 하였다. 그 모습은 마치 먹이가
허공에서 떨어지기 시작하는 그 순간부터 이미 송사리들이
먹이의 움직임을 포착하고 있는 것처럼 느끼게 하였다. 산사
의 맑은 물에 살아가는 송사리들의 오랜 허기가 그들에게 먹
이에 대한 감각을 그토록 예민하게 길러준 것일까? 먹이에
대한 감지 본능이 허공에까지 뻗쳐 있는 것 같은 송사리들,
먹이를 향한 그들의 필사의 집중을 한참 지켜보고 있는 우리
의, 물 밖의 세계에는 여름이 한창 타고 있었다.

사찰행(寺刹行)

　사는 일이 시들할 때면 절을 찾아간다 내 마음속에 오래
갈무리해 두었던, 시장을 지나고 마을을 지나고 개울을 건너
서 또 산길로 한참동안 말없이 걸어서 올라가야 하는 절을
찾아간다 검은 그림자 어른거리는 내 삶의 감옥을 빠져 나오
며 마음속으로 중얼거리던 말들을 되뇌면서 쳐다보는 대웅
전, 그 웅장함 앞에서 더욱 보잘것없이 졸아드는 나의 마음
에 무수히 열리는 뜻없는 말까지 그저 묵묵히 받아주고 있었
다

적멸(寂滅)을 꿈꾸며

적멸보궁으로 가는 길, 어쩌다 바람만 잠시 스쳐갈 뿐 길
가에 늘어선 붉은 소나무와 전나무 물푸레나무와 떡갈나무
또는 길바닥에 나와 앉은 큰 바위와 자잘한 돌 그 어느 것 하
나 말이 없는데, 생각보다 깊은 상심에 젖은 인간들만이 삼
삼오오 무리를 지어 떠들며 간다

다람쥐

하릴없이 열만 오르는 도시의 한여름
지친 삶을 식히려
계곡을 찾는다.

마른 장마가 여기까지 찾아왔지만
나무들은 여전히 서로 다투어가며
그늘을 만들어내고 있었다.

지친 내 삶의 계곡에도 잠시 그늘이 내리고
하릴없이 달아오르기만 하던 마음에도
조금 숨통이 트인다.

그때, 문득 다람쥐 한 마리
쪼르르 저만큼 달려와서
연신 두리번거리며
무엇인가 찾는 시늉을 한다.

그냥 신기한 듯 바라보기만 하는데
그놈은 쉴새없이 나를 경계하며 불안에 떨다가

이내 쪼르르 다른 곳으로 사라져 버린다.

그래, 나도 한 마리 다람쥐 같은 놈일지 몰라!
하릴없이 두리번거리고
괜히 저 혼자 불안에 떠는
다람쥐,

아니, 하릴없이 이승의 계곡을 차지하고 앉아
이유없이 누구를 불안케 하는
불청객인지도 몰라.

하루살이

참 길기도 하지
검은 웅덩이를 박차고 점점이
날아오르는 하루살이들의
일생이 걸린
하루
그 하늘 한 자락이 붉어온다
저 붉음
다 하기 전에
가야 할 길이 너무 멀다
하루살이들
눈에도 잘 띄지 않는 날개로
잘게 허공을 끊으며
올라간다
검은 웅덩이가 멀거니
그들의 기나긴 일생의
하루를
들여다보고 있다.

뚱뚱한 몸

사실 나는 마음에 비해 몸이 너무 뚱뚱하다. 몸이 너무 뚱뚱해서 마음이 들어갈 자리가 너무 비좁다. 뚱뚱한 몸을 추스르느라 마음이 들어갈 자리를 신경 쓸 겨를이 없기 때문이다. 그래서 몸과 마음이 따로따로 노는 경우가 많다. 가령, 몸은 땅바닥을 구르고 있는데 마음은 하늘을 날고 있는 경우가 가장 대표적이다. 땅바닥에 구르는 몸이라 이끼가 끼일 날은 없지만 피곤한 것은 어쩔 수가 없다. 그러니까 마음에 없는 소리를 한다고 늘 아내에게 핀잔을 들어도 나는 싸다. 그렇다고 뚱뚱한 내 몸이 싸구려로 대접받기는 죽기보다 싫다. 항상 마음대로 몸이 움직이거나 몸 가는 데 마음도 똑같이 간다면 그게 어디 사람인가. 그래서 개똥밭에 구르는 몸이라도 나는 내 뚱뚱한 몸이 대견스럽다. 비록 뚱뚱하지만 그나마 이 몸이라도 있으니 작은 마음 한 자락이라도 갈무리할 수가 있지 않은가.

낙엽 한 장

새해를 맞아
다시 주소록을 정리한다 습관처럼
몇몇 이름을 지우고 담담하게
몇몇 이름을 새로 적어 넣는다.

때가 되면
내 이름자도 이렇게
지워질 날이 오겠지
너의 수첩에서 깨끗이
지워진 나의 이름을
누군가 대신 호명하겠지.

그런 날을 내다보는
내 마음에
낙엽으로 된 우표 한 장이
착 달라붙는다.

자화상

나무는 자란다
사상과 이념도 없이
누가 보지 않는 밤에도
무럭무럭 자라서
하늘에 이르고
땅속에도 이르러
한 세상을 푸르게
덮고

어느새
내 마음에까지 들어와
가지를 뻗고
꽃을 피우고
열매의 꿈을
꾸기도 한다

도무지 사랑이 열리지 않는
눈부시도록 황막한 벌판에서
부풀어오르는 욕망만이

하늘을 가리고
땅을 뒤덮는

오, 끝끝내
마음속에서
뽑아낼 수 없는
크나큰 나무
한 그루

나팔꽃

놀랍다
작은 씨알 한 톨 속에
어찌 저토록 강한 애착심이
숨어 있었는지

이 적막한 봄을
아니, 저 눈부신 햇살의 축복을
온몸에 받으며
담 위를 향하여 기어오르는
나팔꽃 줄기

지난 겨울
그토록 춥고 어둡던 시간 속에서도
용케 잊어버리지 않고
외줄 타기로 기어오르는 저 재주가
어디에 갈무리되어 있었던지

그저 놀랍기만 하다
이 적막한 봄에

햇살의 노예가 되어
다만 햇살의 노예가 되어
외줄 사다리를 타고 오르는
꿈에 젖는 내 몸이,

여태 하늘은 아득하기만 하고
그 하늘 아래에서 기어다니는
내 몸은 내 몸일 뿐
내 몸에서는 어느 날에나
덩굴손이 돋아날는지

그저 아득하기만 한
어느 봄날 아침에
문득 나팔꽃 한 줄기가
내 몸을 휘어 감는다.

2부 · 평화로운 아침

박꽃

무슨 말을 해도
그저 빙긋이 웃기만 하는
얼굴 하얀 누이

어스름 저녁
마루 끝에 앉아서
먼 하늘을 바라보고 있는데

봉숭아꽃물 희미한
손톱 속으로
눈썹달이 떠오른다

연어

머리에 쇠똥도 다 벗겨지기 전에
어머니, 저는 당신의 품을 벗어나
그저 물살이 이끄는 대로
아주 멀리멀리 떠나갔습니다

어머니의 잔소리가 없는 세상으로
즐거운 마음 하나 간직하고
그저 바람이 떠미는 대로
옷자락을 펄럭이며 날아갔습니다

갈 수 있는 한 아주 멀리
어머니의 꾸중이 없는 곳으로
떠나가리라 다짐하던
어린 시절이 있었습니다

어머니, 오늘 문득 그때가 생각납니다
저 거친 바다의 물살이 저의 등을 때리고
밤늦도록 집으로 돌아가지 못하는 사람들의
지친 숨소리가 저의 귓전을 울리는 날일수록 어머니

저의 마음속에는 이제
당신에게로 가는 길이 뚜렷이 열립니다

어느새 제 몸에도 노을이 내려앉는지
물 그늘에 제 붉은 살빛이 어려옵니다

어머니, 아직도 대문 훤히 열어놓고
저의 귀가를 기다리고 계시는지요?

붕어찜

저녁식탁에 붕어찜이 올라왔다. 이웃집에서 준 것이란다. 먹어보라는 아내의 권유에 아무도 거들떠보지 않는다. 모두 아내의 몫이 되는 붕어찜.

열심히 가시를 발라가며 맛있게 먹던 아내가 갑자기 칵칵 소리를 낸다. 가시가 목구멍에 걸렸단다. 붕어가 마지막으로 이승에 남기는 소리가 저녁 늦게까지 우리 집안을 울린다. 칵칵 좁은 우리 집이 하늘 낚시에 걸린 듯 기침을 해댄다.

세대 차이

　　1
내가 일어나 새벽 신문을 보기 시작하는 시각에
비로소
아들은 인터넷을 닫고 잠자리에 들기 시작한다.

　　2
흰색 물감으로 머리에 한껏 멋을 부린 아들의
부드러운 손이
반백의 내 머리에 흑갈색 물을 들여주고 있다.

호박 넝쿨

자식들 모두 객지로 떠나보내고
늙으신 아버지와 어머니만
텅 빈 마당의 고요를 쓸어내시는
우리 집, 반쯤 허물어진 담을
이리저리 가리고 앉아서도
못내 부끄러운지
큰 웃음이 나올 때마다
더 큰 손바닥으로
입을 가린다.

증인

마을이 떠나가도록 쓰르라미야 울든 말든
늙은 팽나무가 만든 오래된 그늘을 덮고
고물장수 아저씨가 늘어지게 낮잠을 즐긴다.

한참 뒤에 그늘이 빠져나가면서
아저씨의 다리가 반쯤 햇볕에 드러나는 것을
저만큼에서 리어카가 지켜보고 있다.

향수

가을녘 이른 아침에
우리집 감나무에 열리던
붉은 햇살처럼
아닌 밤중에
짜안히 찾아오시는
그대

또다시 내 가슴속엔
소리없이 안개가 고이고
어릴 때 들길을 걸으면서 보았던
들국처럼 사소한 추억들이
자세히 떠오른다

햇살에도 바래지 않고
시간에는 더욱 썩지 않고
내가 가는 길을 쭈욱 따라오는
아주 사소한 장면
몇몇

조홍(早紅)감

이른 가을
우리집 감나무가 만들어 놓은 홍시를
아버지가 바구니에 따 가지고 오시면
성한 것만 골라서 우리에게 주시고
어머니는
땅바닥에 떨어져 갈라진 것들만
아버지와 함께 사이 좋게 드셨다.

할머니 생각

어릴 때
해마다 정월 보름날 새벽이면
할머니는 맏손자인 나를
조용히 흔들어 깨워서
아랫마을 들판에 있는
우물로 데리고 가셨다.

덜 깬 잠을 얼굴에 묻히고
얼떨결에 할머니를 따라가서
용왕님인가 천지신명님인가에게
간절하게 비시는 모습을
등뒤에서 지켜보곤 하였다.

그저 아무 탈없이
잘 먹고
잘 놀고
그렇게만 해달라고.

그때, 할머니께서

지극정성으로 빌어주신 덕에
오늘도 나는 그저
잘 먹고
잘 노는 일만은
아무 탈없이 하고 있다.

할머니 고맙습니다.

보릿고개

식물도감에 있는 하얀 찔레꽃도
유행가에 나오는 붉은 찔레꽃도
모두 관심이 없었다.
동구 밖
언덕 위에 올라가면
새로 돋은 살진 찔레순만이
탐스럽게 구미를 당겼다.
그런 한철이 있었던 것이다.
우리들에게는.

전설에 대하여

살구나무를 베는 날은
온 마을이 조용하였다.
늙은 살구나무는 함부로 베지 못한다는
전설이 이 마을을 감싸고 있기 때문이다.

그 옛날, 어떤 살구나무집 주인이 술김에
제 집 뒤편의 늙은 살구나무를 베어 버린 뒤
이유없이 시름시름 앓다가 죽었다는 이야기가
전설에 믿음의 날개를 달아주었던 것이다.

백일몽

눈 그친 하늘
남녘으로 간다 남녘에서
꽃을 데려오고
새들을 불러와
뜰에 그득 풀어놓는다
가진 것 하나 없어도
눈과 귀는 즐겁고
마음에도 연분홍 복사꽃
소담하게 피어나는
봄 하늘,
그대 가슴에도
강물이 풀리고 있는지
눈을 감으면 함께
거닐던 강언덕이 일어선다
하염없이 일어서는 강언덕을 따라
키 작은 아이 하나
어머니 곁으로 간다

무지몽매

바다로 가기엔 너무 멀고
산으로 가기엔 너무 가까워
오늘도 걷는다마는
비 내리는 서울 거리
비에 젖은 아스팔트 위로
내 몸은 흩날리고
마음은 천근만근 가라앉는다
뿌리는 다 어디에 남겨두고
다발다발 묶여온 저 많은 꽃들을 보면서
정신없이 들어서는 꽃가게
나는 바쳐야 할 사람도 없이
꽃을 한 묶음 사 본다 그냥 사 본다
그냥 사서 들고나니 불현듯
바쳐야 할 데가 너무 많은 것 같다는
생각이 꽃을 피운다 뿌리도 없이
꽃을 피우는 꽃을 보았는가
정처없이 걸어가는 서울의 거리에서
누구에게라도 전보를 치고 싶다
단체로 왔지만 혼자 온 것 같은
서울의 한 모퉁이에서 나는
너무 오래 살았다 뿌리도 없이

어떤 봄날

봄이 오면 벌써 내 마음속에는 겨울이 훤히 열린다 이른
새벽에 처마밑을 빠져나온 참새들은 빈 들판을 헤매고 종종
걸음으로 바람이 그 뒤를 따른다 추위도 모르고 골목을 쓸고
다니던 아이들이 삼삼오오 달려나와 즐거이 바람을 맞는다
그때 어디선가 갑자기 공기총 소리가 들리고 참새떼가 산산
이 부서져 내 기억속으로 날아든다 산천에는 봄이 흥건히 고
여 있고 내가 사는 마을에는 여태 겨울이 타고 있다 탐욕처
럼 노을이 번지는 겨울 벌판에서 나는 왜 소리도 없이 사라
지고 싶을까

평화로운 아침

잠자리가
일찍 잠자리에서 일어나며 튀긴
풀잎 위의 물방울을
쪼르르 달려온
아침 햇살이
받아먹는다
냉큼

겨울 강가에서

지난 여름 그토록 푸르게
단장하던 풀들의 몸을 결박하고
웅성거리던 강물의 입을 틀어막고
겨울이 왔다 얼어붙은 시간만이
또렷이 빛나는 겨울 강가에
서 있는 내 머리 위로 눈이 내린다.
보아라 침묵하는 나의 입을
나의 눈을 지우는 눈을,

하염없이 눈이 내린다
콘크리트로 포장된 추억이라는 도로
그 밑에 웅크리고 있을 풀들이
풀들과 함께 자라던 내 어린 시절이
또는 그 봄날의 사랑이
단단히 결박되어 있는
고향으로 돌아가는 길 저편으로
눈이 내린다 꿈꾸듯
누워 있는 무덤들과
꿈꾸듯 걸어가는 내 머리 위로

한 세기의 종막을 알리듯
눈이 내린다.

끝없이 내리는 눈은
무덤을 지우고
나를 지우고,
드디어 흰색 한 가지로
깊은 침묵에 드는 세상
그 세상을 빠져 나온 한 사나이
겨울 강 언덕 저편 고향으로
꿈꾸듯 걸어가고 있다.

잠깐만 다녀가시게

어쩌다 들려서 바라보는
저 산의 눈 시린 아름다움도
생활이 들어앉으면
눈을 아리게 한다네

고요만이 살을 찌우는
남루한 생의 눈에는
다만 적막강산일 뿐이니
그저 훌훌 떠날 수밖에

저 산의 아름다움도
생활이 들어있지 않을 때
아름답게 다가오는 법을
아는 이 있을까 저어하노니

저 산의 눈 시린 아름다움
못내 그리운 이 있거든
생활은 다 벗어두고
잠깐만 다녀가시게

화전민

조팝나무 가지끝
하얀 꽃망울 터지듯
가느다란 길의 가지 끝에
두런두런 매달린
오두막 두어 채

저녁 연기 쓸리는 쪽으로
코흘리개 아이들 두엇
초승달을 지고 돌아온다

3부 · 웅덩이를 파다

아가(雅歌)

가뭇한 내 삶의
산등성이
그 어디쯤에서
나 오늘 문득
그대를
만났네

우수에 찬 그대의
그윽한 눈 속에서
비로소 나는
내 삶에 끼인
짙은 그늘을
보았네

이토록 어두운 길에서
나에게 내미는
길고 가녀린
그대의 손

오늘 문득
그대로 하여 켜지는
캄캄한 내 몸을
느꼈네

웅덩이를 파다

웅덩이를 판다 나는
온종일 허리를 구부리고
가슴 한 쪽을 헐어
웅덩이를 판다
네가 들어와 고여 있으라고
웅덩이를 파고 있는데
너는 들어오지 않고
너를 부르는 내 목소리만
쩡쩡 하늘을 울리며
웅덩이를 차지한다
나를 빨아들일 듯
고여드는 시퍼런 그리움
두려움을 지우려 나는
더 큰 웅덩이를 판다
허리를 구부리고
파내려 가는 웅덩이
그러나 웅덩이만 남고
나는 사라진다
네가 들어오지 않는
텅 빈 웅덩이가
나를 깨끗이 삼켜 버린다

겨울 나무

발가벗은 몸 하나
달려갑니다 막무가내로

온몸에 퍼지는 푸른 혈기를
어찌하는 수 없어
그대가 손짓하는 방향으로
아득히 달려갑니다

내가 바라볼 수 없는 곳에서
훤히 나를 내려다보시는
그대에게로 이르는 길은
언제나 가깝고도 멉니다

잠깐 들렀다가 돌아가는 봄 때문에
일생이 꿈으로 뒤덮인 겨울나무가
아득히 달려갑니다 그대에게로

한 잔의 바다를 마시고

한 잔의 바다를 마시고
나는 한참을 울었다네
가까이 다가갈수록
높은 벼랑으로 다가오는
그대를 향해 펑펑
울기만 했다네

우리의 설익은 사랑이
숨쉬는 일처럼 되기를 바라지만
저토록 하늘 높이 걸려 있는 달의
눈짓 한 번으로
밀물이 되고
썰물이 되기도 하는
그 오묘한 인력이
내게는 없어
내게는 없어
다만 펑펑 우는 일만이
나의 유일한 재산이라네

눈짓 하나로
밀물을 만들고
썰물을 만들기도 하는
저 달이 될 수가 없다면 차라리
그대의 눈짓에 따라
밀물이 되고
썰물이 되기도 하는
바다라도 되고 싶어
한 잔의 바다를 마시고
웅웅 바다소리를 내며 울었다네
석양을 등지고 선 그대 앞에서

사과 한 입

오뉴월 뙤약볕으로 잘 익힌
사과 한 입 뭉텅 베어물 때
입안 가득 고이는
단물 같은 그리움이
가슴 가득 고인다

그대 생각 끝에는

온돌

불을 지핀다 차디찬 방에
오랜 기다림의 냉기가 차지하고 있던
방으로 천천히 온기가 감돌고
우리의 마음도 녹기 시작한다.

하늘에서 별들이 눈을 뜨는 시각
우리의 방은 뜨거워 너무나 뜨거워
때로는 깜짝깜짝 우리를 놀라게도 하지만
한없이 오한 들게 하는 창 밖을 생각하면
뜨거움도 이내 견딜 만한 온기로 다가온다.

눈물인 듯 기별인 듯
창 밖에는 성긴 눈발 흩날리며
또 하루의 스산한 페이지가 넘어가는데
있는 듯 없는 듯 우리가
서로 안심하는 거리 어디쯤에서
거룩할 것 하나 없는 거친 일생을
조용히 노래하는 시간에도
우리의 등허리를 받치고 있는 온돌은

밤새워 온기를 공급해주고 있었다.

이 밤 홀연히 지나고 나면 총총
뜬 눈으로 밤하늘을 지키던 저 별들처럼
어디론가 사라질 우리들이지만
우리 잠든 사이에도 온 밤을 새워
등허리 밑으로 따스한 담요를 깔아주던
온돌처럼 은은한 사랑이야 어찌 식으리.

울울창창

한여름이
초록물감을 뿌려댄다
너무나 원색적으로

초강력 엔진을 달았는지
너무나 조용하게
산들을 색칠한다

울울창창
모든 것을 삼켜 버리는 심연이 된다
너무나 엽기적으로

여름 산

아무데나 손가락으로 꾹 찌르면
금방이라도 푸른 물방울이
뚝뚝 떨어질 것만 같은
하오의 짙은 슬픔을 가르며
그대를 실은 어떤 기억의 열차가
내 가슴 한복판으로
들어오네
칙
칙
칙
내 삶의 여윈 가지에
잠시 앉았다 날아간 새의
환영이 되살아나고
아주 잠시
헛기침을 하듯
푸른 물감을 뿌려대는
여름산
탕
탕

탕

나무의 크기만큼
떨구어야 할 잎새도 많아지듯
그대 향한 이 뜨거움도 낱낱이
그리움으로 변할 줄 알고 있건만
근원도 알 수 없이
끓어오르기만 하는
이토록 청청한 뜨거움
숲을 이루네

그리움

그저 막막한 푸르름
마음에 자라는 나무 한 그루 없이
납덩이 같은 얼굴에 깔리는
그 막막한 그리움
우리는 누가 먼저라 할 것도 없이
낡은 버스처럼 털털거리는 희망을 타고
숲으로 가는 길을 향하고 있었다
우리의 일생을 덮고 있는
저 막막한 그리움
생각하면 숨만 차 오르고
가파른 고개처럼
오늘도 꺼이꺼이 올라가야 하는
우리의 앞길에
언제나 있는 듯 없는
막막한 푸르름, 또는
그리움

봄비

쫭쫭
대못을 박는다

흔들리는 나무들이
흔들리지 않게

너를 향해 트는 내 사랑의 움에
지주를 세운다

쫭쫭

보름달

나무십자가를 지고 가는 예수 같기도 하고
어두운 숲을 깨우는 휘파람새 같기도 한
그대는

더러는 바람이기도 하고
더러는 구름이기도 한
내 일생을 끌고 갑니다.

미망에 빠진
내 마음을
건져 올립니다.

가락지

가둬도
가둬도
가둘 수 없는
바람처럼

울어도
울어도
목이 쉬지 않는
강물처럼

싱싱한
금빛 사랑
한 접시

그대와 나의
경계를
지우는

닳지 않는
고무 지우개
하나

이명(耳鳴)

끊임없이 날아들어
시든 내 영혼에 구멍을 파는
찌르레기

찌르르 찌르르
막막한 내 삶에 무전을 치는
그대의 목소리

밤새도록
진동한다.

저 달처럼

내가 부르지 않아도
밤이면 문 밖에 찾아와
내 삶의 흐린 골짜기를
훤히 비춰주는
저 달처럼

내가 바라지 않아도
그믐에서 보름달까지
날마다 다른 모습으로 다가와
내 일상을 달래주는
저 달처럼

그대가 말하지 않아도
그대 삶의 어두운 골목에서
눈부신 빛으로 타오르는
사랑이고 싶어요.

아주 특별한

그대는
내 영혼의
마른 먹물을 찍어서
써도
써도
줄어들지 않는
세월의 화선지 위에
내 삶을
힘있게 써 내려가는
명필

내게는
아주 특별한
한 자루의
붓

함박눈

거울을 통해서
순정한 너의 모습이 들어온다
한겨울을 덮으며
침착하게 내리는
함박눈처럼

도무지 거울을 닦지 않는 사람들과
거울에 들어오지 않는 풍경이 어우러진
이상한 구도 위로
함박눈이여 내려라

거기에 서 있는 너와
여기에 서 있는 나의
지울 수 없는 거리를
말끔히 지우며

함 · 박 · 눈이
내렸으면 좋겠다

4부 · 내 마음의 감옥

장마

발정한 돼지들이 거리로 뛰쳐나왔다
거짓말처럼 검은 돼지들이 달려간다
자동차 사이를 헤집으며
비가 내린다 검은 나무들을 적시며
때없이 일찍 죽어간 청춘을 적시며
거짓말처럼 비가 내리고
검은 빗줄기 속으로 발정한 돼지들이 달린다
자동차들이 달콤한 가스를 풍기며 달리고
나도 끝없이 달려야 할 것만 같다
나무들도 그렇고 집들도 그렇다
이토록 끈적끈적한 장마에
불혹이 무슨 소용이 있다고 중얼대는가
중얼거리면서 돼지가 달리고 인생이 달린다
온통 달리는 깃들 천지에서 오늘밤엔
또 바다 하나가 거짓말처럼 달아났다

길의 끝에는

날이 새면 우리는
재빨리 감옥을 빠져 나옵니다

아주 잠시
푸른 하늘이 보이고
정말 아주 잠시
눈부신 햇살 같은 것이
앞길을 비추어 줍니다

조심조심 길을 따라가면
이상하게도 길의 끝에는
또 다른 감옥이
하나씩 달려 있습니다

관공서/시장/사무실/찻집/백화점/식당/당구장/술집/
노래방/약국/수영장/병원/문방구/학교/오락실/ ……

눈부신/끈적거리는
감옥들이

곳곳에서 우리를 기다립니다

날이 어두워지면 우리는 다시
안락한 감옥으로 들어갑니다

습관

날이 새면 또
추적추적 길을 떠난다
시계를 차고
안경을 끼고
딱딱한 아스팔트가 인도하는 대로
길을 떠난다
습관처럼

붕붕거리는 차동차 소리
윙윙거리는 바람 소리
둥둥 떠가는 구름
다들 어디로 가는지
이렇게 어두운 한낮
머리 위로 해가 솟으면
또 점심을 먹고 습관처럼
잠시 낮잠을 청한다

낯선 것들이
오늘따라 더욱 낯설게 느껴지고

아주 멀리 떠나간 친구가 찾아와 얼굴을 비치면
나는 잠의 안팎을 번갈아 드나들며
어두운 한낮을 견딘다
습관처럼

또 하루가 가고
날이 새면
나는 추적추적 길을 떠나야 한다
그러나 내가 지나온 길은
아직 없다

복제양 둘리 생각

냉이는 냉이꽃을 피우고
철쭉은 철쭉꽃을 피우며
장미는 장미꽃을 피웠다.

냉이는 왜 냉이꽃만 피워야 하고
철쭉은 왜 철쭉꽃만 피워야 하며
장미는 왜 장미꽃만 피워야 하나?

허황한

꿈에 젖던 사람들이
꿈 속에서 걸어나와
유유히 낚시를 한다.

모조미끼를 단 낚싯대를
허공 저 멀리 던져 놓고

감자뿌리에 토마토 열린
기막힌 세상을 개관한다.

테헤란로

　언제부턴가 자고 나면 또 몇 개의 빌딩이 발기한다는 소
문이 들리더니 드디어는 밤낮없이 여기저기 발기하는 빌딩
들만 즐비한 도시의 일상 속으로 음부들은 더 낮고 짙은 그
늘을 만들어 날마다 음험한 습지를 무한 번식한다 끼니마다
양파를 먹으며 개화되지 않는 꿈에 젖는 다수의 우리 나라
남자와 여자들이 스스럼없이 팔짱을 끼고 활보하는 거리, 고
개를 들어 고개를 들어 바라보기도 민망한 발기한 빌딩들만
늘어선 테헤란로가 날마다 하나씩 증식하는 음산한 도시의
어느 골짜기에 내 쉴 곳이 있느뇨? 나는 다만 떠돌 뿐이다
도무지 발기하지 않는 내 마음의 끝을 붙잡고

노여움

누가 장대로 밤나무를 후려치고 있는가 밤송이 같은 빗방울이 쏟아진다 개천을 넘어온 붉은 물이 마을을 덮친다 사람들은 사람들대로 물은 물대로 서로 아우성을 치지만 하늘을 움직이지는 못한다 뒷물이 앞물을 밀고 앞물이 또 그 앞물을 밀고 밀어 이제는 누구도 어쩌지 못하는 거대한 짐승처럼 드디어 제 갈 길을 잃고 길길이 날뛰는 물 물 물 피 피 피 그래, 나는 그날 보았다 이 세상에는 없는 무서운 짐승들의 무리, 아니 아무에게나 막무가내로 달려드는 엄청난 야수를 보았다 막을 수 없는 물길을 가로막은 사람들을 향해 달려드는 저 피처럼 잔인한 물 물 물, 그런 생각을 하는 사이에도 성난 짐승은 우리들의 안락한 집을 부수고 길을 무너뜨렸다 끝없이 무너지는 계단이 보이고 하염없이 길거리를 뛰어가는 사람들도 보이지만 어느 방향에서도 하늘은 보이지 않았다 하늘을 믿지 않는 사람들의 아우성만이 물거품처럼 떠다닐 뿐이었다

교목(喬木)에 기대어

꽃이 피는군, 하
그렇군.

봄이 되면 꽃이 피리라
다들 그런 기다림 한 송이씩 가슴에 안고
겨울을 나는데,

일찍이 육사는
'차라리 봄도 꽃피진 말어라' *
이렇게 노래하면서
오로지 '푸른 하늘'에 닿을 꿈만 키우며
강철로 된 겨울 한 철을 견디었다네.

꽃이 지는군, 하
그렇군.

꽃이 지는 걸 보니
'차라리 봄도 꽃피진 말어라' 고
절망적 희망을 마음에 꽃피우던

육사의 아픔이 실낱같이 다가오네.

차마 바람도 흔들지 못할
우뚝한 나무로만 남고 싶었던 그 심정을
조금은 알 만도 하다네.

* 이육사의 시 「喬木」의 한 구절

장님

우리는 보는 것을 좋아한다.
먹어 보고
들어 보고
읽어 보고
생각해 보고
살아 보고
……………

이렇게 우리는 무엇이든 본다고 한다.
온통 보는 것 천지에
단지 눈으로 볼 수 없다는
이유 하나로
우리는 그를 장님이라 한다.

그러나 우리는 눈을 뜨고도
보지 못하는 것이 너무나 많다.
먹어 보아도 참맛을 모르고
들어 보아도 말뜻을 모르며
생각해 보아도 도무지 알 수 없고
살아 보아도 삶의 의미를 모르는 우리는
저마다 마음에 감옥을 하나씩 만들어

그 속에 스스로 갇혀 살고 있다.

눈을 뻔히 뜨고도
한 치 앞을 내다보지 못하면서
단지 눈으로만 볼 수 없다고
우리는 그에게 장님이라는 말을
마음 편하게 하고 만다.

눈을 감고도
눈으로 보는 것 외에는
다 볼 줄 아는 장님이 있는가 하면
눈을 뜨고도
눈으로 보는 것 외에는
아무 것도 못 보는 사람도 있음을
우리는 알고 있다.
알고 있으면서도
우리는 제 스스로
깊은 감옥에 갇혀 있음은
정작 모르고 산다.
아무 생각없이 산다.

칠월의 코스모스

마른 장마가 한창인 칠월의
수인산업도로를 따라가며 드문드문
키 작은 코스모스들이 피어 있다.

어릴 때 가을 등교길에
떼지어 서서 꽃을 피워내던
키 큰 코스모스에 대한 기억이
그 위로 나지막이 내려앉는다.

남들 다 등교한 좁은 길을 저 혼자 한가하게
종종걸음으로 걸어가면서 보았던 것과는
아주 딴판인 키 작은 코스모스들이
확장된 수인산업도로변을 따라가며
들쭉날쭉 피어 있다.

밤낮 질주의 무거운 욕망만 가득 싣고
오직 길의 끝만 보고 내달리는
저토록 매정한 사람들에게
한여름에 꽃을 피운들 무슨 상관이냐고

항변하듯 자신을 설명하고 서 있는
칠월의 코스모스,

무시로 울려대는 경적 소리에
아득히 묻혀 버린다.

야생화 단지

이른바 야생화 단지라는 곳을 관람하였다. 강원도 오대산의 월정사로 가는 큰 길에서 잠시 빠져나온 좁은 길의 끝에 조성된 야생화 단지에 온갖 들꽃들이 보기 좋게 전시되어 있었다. 더러는 꽃이 피고 더러는 지고 하는 것들이 제각각 이름표를 달고 손님을 맞고 있었다. 주인의 안목과 애정의 손길이 전시장 곳곳에 배어 있었다. 온실과 노지 또는 숙소 주변 할 것 없이 잘 가꾸어진 들꽃들이 더러는 피고 더러는 지면서 관람객의 눈길을 끌고 있었다. 이 단지를 조성한 주인의 주문대로 그들은 제 위치에 혹은 자연스레 혹은 모양을 잔뜩 내고 앉거나 서서 제 삶의 일부분을 자세히 보여주고 있었다.

잠시 걸음을 옮겨 전시장 옆동으로 가보았다. 거기에는 제 공연 차례를 기다리는 어린 것들이 줄줄이 놓여 있었다. 씨앗을 심어 키워내는 들꽃들이 화분이나 노지에서 씩씩하게 자라고 있었다. 무척 들꽃답게… 그런데 들꽃답다는 내 생각의 끝에 갑자기 혼란스러움의 꽃망울들이 안개꽃처럼 맺히고 있었다. 오래지 않아 야성을 잃어버리고 말 그들의 앞날에 대한 생각이 내 가슴에서 점점이 꽃으로 피어나고 있었다.

비선대 기행

쌀쌀하게 앞길을 가로막는 겨울 바람도, 미끄럼을 태우며 괜히 달뜬 마음을 주저앉히려는 심술궂은 눈길도 아랑곳하지 않고 등허리에 땀방울이 맺히도록 올라가니 그 이름도 아름다운 飛·仙·臺, 폭설에 몸을 숨기고 있었다. 여기저기 웅장한 철각들이 붉은 단장 곱게 하고 먼저 올라가서 기다리고 있다가 비선대의 비의를 친절히 안내해 주었다. 다리가 가장 길고 멋진 한 안내원의 등허리에 자랑스러이 올라서서 나는 그가 가리키는 대로 이곳 저곳으로 바삐 눈길을 옮겼다. 역시 오기를 잘 했구나! 잠시 이런 생각에 잠기려고 하는데 설명을 다 끝낸 안내원은, 구경꾼들이 몰려들어 부끄러웠던지 선녀들은 발길을 끊은 지 까마득하고 아득한 벼랑에 붙어 서서 향기로운 그림을 그려내던 두어 그루 향나무도 벌써 숨을 거두어 흉한 몰골만 남아 있다면서 죄송하다는 말을 덧붙였다.

반질반질 윤기가 흐르는 눈길을 내려오면서 까닭도 없이 나는 자주 넘어지곤 하였다. 이상했다. 아무도 보이지 않는데 누군가 자꾸 내 발을 걸어 넘어뜨리는 것이었다. 그것을 지켜보던 나무들의 킬킬대는 소리가 쟁쟁하였다. 예닐곱 번

이나 조이 넘어지고 다시 일어나면서 거의 다 내려왔다고 생
각할 때쯤 나는 마음 한쪽이 자꾸 결려옴을 느꼈다. 조금 전
에 들었던 안내원의 죄송하다는 말이 내 마음 속 깊은 곳에
서 고개를 쳐들고 있었다.

영랑호(永朗湖)에서

날마다 몰라보게 눈이 밝아지는 시절인데도 혹시 선녀들
이 다시 나타나지나 않을까 이상한 궁금증에 시달리는 사람
들이 영랑호 둘레에 병풍처럼 집을 짓고 오늘도 무작정 기다
리고 있었다. 그 모습이 한눈에 들어오는 고대광실 커피숍에
앉아서 우리는 얼굴을 갈아끼운 겨울 영랑호를 말없이 바라
보고 있었다. 아니, 열이 펄펄 끓고 있다는 소식을 유심히 귀
에 담고 있었다. 영랑호의 신비함을 보았다던 영랑이 갔듯이
영랑호도 그 영랑을 따라가고 있는 것일까 건너편 마을에서
는 오늘밤에도 색전등들이 눈에 불을 켜고 미친 듯 번쩍이겠
지만 바닷물과 민물이 아래윗층에서 다정하게 살아가던 영
랑호가 무서운 전염병에 걸려 앓아온 지 이미 오래 되었다는
비보를 침통하게 접하고 있었다. 고대광실 커피숍에 앉아서
우리는 따뜻한 커피가 식는 줄도 모르고 영랑호의 근황을 소
상히 전하던 속초에 사는 한 시인의 푸른 눈빛이 동해의 거
친 물결처럼 일렁이고 있을 때 햇덩이 하나가 그의 마음속을
빠져나가 설악산 꼭대기에 목을 매는 것을 보았다.

개성에 대하여

어느 날, 꽤 비싼 난분(蘭盆) 하나를 들여놓았습니다. 난을 기르기 시작하면서 내 마음에도 작은 관심의 촉이 하나 올라왔습니다. 난은 희귀종일수록 값이 비싸며 성미도 까다로워 기르기가 무척 어렵다는 말이 자꾸 내 관심의 뿌리를 굵게 하였습니다.

그러나 어느 날, 문득 난 잎사귀들의 아랫부분이 검어진 것이 보였습니다. 그리고 오래지 않아 결국 어엿하게 자란 내 관심의 줄기만 남겨놓고 난은 죽고 말았습니다. 속이 상해서 화분을 뒤집어 보니 시커먼 뿌리의 텅 빈 속을 까탈스런 성미가 차지하고 있는 듯하였습니다. 함부로 손대기 어려운 비싼 개성이 주렁주렁 매달려 있는 것 같았습니다. 그런 생각을 한참 하였습니다, 난

허리 휜 사람들

바다에 다녀올 때에는
바닷물 깨끗이 씻어 버리고
산에 올라갔다 내려올 때에는
산새 소리 깨끗이 두고
빈 몸
빈 마음으로
돌아올 줄 알면서,

정작
이 세상 잠깐 들렸다
다시 돌아갈 때에는
모든 것 다 지고 갈 듯이
제 몸보다 큰 지게를
깨끗이 내려놓지 못하네.

저렇듯 허리 휜
사람들.

희망백화점

희망백화점에 가면 희망은 없고
가망없는 희망들만 삼삼오오
에스컬레이터를 타고
1층에서 2층으로
　　2층에서 3층으로
　　　　3층에서 다시 4층으로
　　　　　　……층층이
눈요기를 하며
스카이라운지로 올라간다
뚱뚱한 게으름을 걸친 아줌마들이
아메리칸 스타일의 커피를 마시며 한가하게
회색 도시의 오후 한 때를 조망하는
스카이라운지에는 희망은 없고
가망없는 희망들로 즐비하다
눈부신 포장지의 유혹만이
눈물겨운 우리들의 희망백화점.

묘비명(墓碑銘)

공동묘지에 갈 때면 괜히
묘지 앞에 세워 놓은
비명에 관심이 간다.

언제 와서
무엇을 하다가
언제 돌아간 사람일까
그의 행적이 궁금해진다.

아무리 미운 사람도
죽으면 관대해진다는 우리 식의
따뜻한 마음까지 잘 섞어서
뭐라고 써 놓았을까?

그런 따위의 이상한 궁금증이
자꾸 내 눈을 비명으로
끌고 간다.

약삭빠른 고양이

고속도로에 나가보면 알리라
무한질주의 욕망이 우리 마음에
얼마나 거대한 날개를 달아주는지
끝없이 추월하고 싶은 욕망의 고성능 엔진이
얼마나 높은 RPM으로 붕붕거리는지
알리라,
우리의 무한질주에 문득문득 제동을 걸며
곳곳에 널브러져 있는 저 고양이들의 주검이
무엇을 말하는지
오직 제 빠른 발만 믿고
겁도 없이 도로로 뛰어든
저 청맹과니들이
도로에 납작 엎드려
무시로 우리의 발목을 잡는 까닭을
고속도로를 달려본 사람은 알리라.

방랑시인

그리스인들은 인간의 유한함과 한계를 매우 잘 알고 있었
다. 그 유한한 인간이 이처럼 거대한 장애와 맞서 싸우는 게
인생이다. 그렇게 도전하는 자가 자유인이요, 비겁하게 굴종
하면 노예가 된다고 그들은 생각했다.(이주헌 유럽기행, "척박
한 돌언덕 위에 '理性의 꽃' 피우다"《조선일보》2000. 7. 22)

옛 그리스인들의
땅딸보에 짧은 다리가
지상에서 가장 아름다운
조각품을 만들었다고 한다.

누가 믿거나 말거나
뚱뚱한 몸뚱어리에
잠자리 날개를 달고
하늘 높이 나는 꿈을
밤마다 꾸고 있는
못 말릴 반항아.

망측하게도

어느 여름날
털털거리는 삶을 타고
진고개를 오르는데
멀리 길 저쪽으로
군데군데 무리지어 서 있는
안개꽃들이 보였다.

이제 안개꽃도 야외로 나왔군
혼자 중얼거리고 있는데
가까이 다가오는 것을 보니
개망초꽃이었다 망측하게도
개망초꽃들이었다.

육식동물

갑자기 요기(尿氣)를 느낀다.
이 먼 숲 속까지 찾아와서
고기 냄새가 진동을 하면
갑자기 송곳니가 창궐하여
잇몸이 근지러운 짐승들이
밤낮없이 뜯어제끼는 살점

그 질긴 욕망을 가득 싣고
컹컹컹 달려가는 도시고속도로
너나없이 달려가는 탄탄대로가
오늘밤 인가로 들어서더니
영영 빠져나가지 않는데

어리디어린 짐승 한 마리
밀려오는 요기를 어쩌지 못하여
캄캄한 숲 속을 밤새 헤매고 있다.

죽살이 길

정처없이 가던 길
하염없이 가던 길

하릴없어 꿈길로 들어서는 길
부질없어 돌아서는 길

길 안에 길이 있고
길 밖에도 길이 있으니

숨 타서 나온 누리 돌아가라 할 때까지
정처없든 하염없든 또는 부질없든

꺼이꺼이 불러내어
어서 가자고 보채는 길

누구도 벗어날 수 없는
희뿌연 죽살이 길

틈새 없는 詩의 說之
— 이상호의 시세계

윤 재 근
(문학평론가, 한양대 교수)

이상호 시인이 제5시집을 낸다는 소문을 듣고 시집 끝에 내 발문을 붙여도 되겠느냐고 그의 속내를 떠보았다. 그는 미심쩍다는 듯 웃었다. 며칠 후 다시 그에게 시 원고를 좀 보여달라고 해서야 겨우 넘겨받았다. 그도 그럴 것이 이른바 비평이란 것을 내가 안 한 지 10년이 더 넘었다.

나는 시인 이상호가 시를 발표하기 전부터 그의 시를 만나왔다. 나는 시를 읽는다는 말보다 만나본다는 말을 좋아한다. 시를 벗으로 만나는 내 버릇 때문이다. 나는 시를 벗으로 만나 즐거움을 나누기 바랄 뿐 시를 통해서 유식해지기를 바라지 않는다. 즐겁게 반겨주는 시가 있는가 하면 콧대를 높이려는 시도 있다. 시를 벗으로 만나려면 목에 힘주는 시를 멀리할수록 좋다. 이상호의 시는 만날 때마다 나를 즐겁게 반겨준다. 아래 「박꽃」을 만나보면 내 말이 허튼 것이 아님을 알 것이다.

무슨 말을 해도
그저 빙긋이 웃기만 하는
얼굴 하얀 누이

어스름 저녁
마루 끝에 앉아서
먼 하늘을 바라보고 있는데

봉숭아꽃물 희미한
손톱 속으로
눈썹달이 떠오른다
— 「박꽃」 전문

노래하는 시는 눈을 감고 보게 하고 귀를 막고 듣게 하며 입을 막고 노래부르게 한다. 그렇게 노래하는 시라야 사물과 나 사이에 무엇 하나 끼여들지 않게 하여 나와 사물이 아무런 걸림 없이 노닐게 한다. 이런 노닐기가 시로써 비롯되는 감동이다. 나와 「박꽃」 사이에는 거추장스러운 것이란 하나도 없다. 철학이니 논리니 윤리니 하는 것들은 물걸레에 붙어 있는 먼지 같은 것일 수도 있다. 「박꽃」이 나를 자명하게 하니 나는 절로 감동한다. 「박꽃」이 그저 그냥 즐겁다는 것이다.

하염없이 느끼고 생각할 수 있도록 「박꽃」은 틈새 없이 만나준다. 너와 나 사이에 틈이 없으면 하나 되는 것이고, 그렇게 틈새가 없음을 일러 황홀하다 한다. 「박꽃」은 시가 왜 사람을 황홀하게 하는지 증명한다. 삶의 열지(說之)가 부족해 읊고 부르고 춤추고 어루만져 속내를 풀어주는 황홀한 벗이 곧 시가 아닌가. 「박꽃」 같은 시의 소곤거림이 곧 다름 아닌 벗〔朋〕이다. 나하고 너 사이에 틈새가 없다면 바로 그런 사이가 벗이요 사랑이요 황홀이라고 「박꽃」은 말한다. 마음대로 느낄 것이요 마음대로 생각해 보라. 그러면 "봉숭아꽃물 희미한 / 손톱 속으로 / 눈썹달이 떠오른다"는 소곤거림은 상상하기를 자유이게 한다. 이런 자유를 누리는 것을 일러 樂이라 하지 않는가. 「박꽃」은 이상호가 피워낸 한 송이 樂이다.

나는 한 15년 비평이란 것을 그만두었다. 서양의 꼭두각시 노릇을 하는 것이 아닌가 싶어졌던 까닭이다. 서양의 온갖 잣대란 것(ism)을 생으로 수입해서 마치 우리 것인 양 우리네 시를 두고 이렇다 저렇다 시비를 걸어도 괜찮은 것이냐 자문하게 되었고, 비평하는 잣대가 빌려 쓴 안경 같다는 생각이 들었기 때문이다. 그리고 이런 저런 이즘(ism)에 놀아날수록 비평은 시를 시적 방만의 수렁으로 빠지게 한다는 생각이 앞섰다. 이런 생각은 지금도 여전하다.

그렇다고 시 만나기마저 그만두었다는 것은 아니다. 우리네 시를 줄곧 만나면서 '얄리얄리 얄랑셩 얄라리 얄라'의 시정을 읊고 부르고 춤추어 온 우리네 시의 맥이 얼마나 소중한가를 다짐해 왔다. 그러면서 나는 더욱 시를 사랑하는 마음을 얻었다. 그 마음이 곧 樂인 것이다. 시인 이상호의 시들은 樂을 누리게 한다. 그래서 나는 그의 시와 친하다. 그의 「증인」을 만나보면 친하게 되는 까닭이 드러난다.

마을이 떠나가도록 쓰르라미야 울든 말든
늙은 팽나무가 만든 오래된 그늘을 덮고
고물장수 아저씨가 늘어지게 낮잠을 즐긴다.

한참 뒤에 그늘이 빠져나가면서
아저씨의 다리가 반쯤 햇볕에 드러나는 것을
저만큼에서 리어카가 지켜보고 있다.

　　　　　　　　　　　　　　　―「증인」 전문

　그저 그냥 하염없다. 그러하다는데 무슨 논리가 필요하고
문제의식이니 역사의식이니 등등의 맞춤이 필요하고 이런 저
런 조건이 필요하겠는가. 그저 그냥 하염없이 낮잠을 즐기는
데 토를 달 필요가 없지 않은가. 시로써 감성을 뽐내고 이성이
높다고 잘난 척하는 사람들은 「증인」의 고물장수 아저씨가 될
리가 없다. 더하고 꾸미고 숨기고 할 것들이 많은 온갖 사상들
은 팽나무 그늘을 덮고 낮잠을 즐길 줄 모른다. 귀천을 따지고
시비를 걸고 유식해야 한다는 사람들은 차별할 줄 알아도 하
나 되는 줄[所一]은 모른다. 「증인」은 천지 산하가 그저 그냥
하나로 녹아들고 있음을 증언한다. 쓰르라미 · 팽나무 · 아저
씨 · 리어카가 햇볕과 그늘로 하나가 되어 무르녹고 있는 풍경
속으로 들어가 보라. 명암을 누가 상대요 분별이요 차별이라
했나? '살어리 살어리랏다' 라는 樂의 증언을 「증인」에서는 그
림자와 햇볕이 하나 되어 다툴 것이라곤 하나도 없다는 것으
로 들려준다. 본래 시라는 것은 이처럼 재미있고 즐겁고 걸림
이 없어야 시의 言之가 樂이 되고 벗이 된다. 이런 樂이나 벗
은 풀꽃처럼 사소한 것에서 애틋해진다.

저녁식탁에 붕어찜이 올라왔다. 이웃집에서 준 것이란다. 먹어보라는 아내의 권유에 아무도 거들떠보지 않는다. 모두 아내의 몫이 되는 붕어찜.

열심히 가시를 발라가며 맛있게 먹던 아내가 갑자기 칵칵 소리를 낸다. 가시가 목구멍에 걸렸단다. 붕어가 마지막으로 이승에 남기는 소리가 저녁 늦게까지 우리 집안을 울린다. 칵 칵 좁은 우리 집이 하늘 낚시에 걸린 듯 기침을 해댄다.
                                                              ―「붕어찜」 전문

언 몸을 녹이자면 모닥불이 제격이지 용광로 따위는 소용 없다. 절규하고 소리치는 시들이 있어 세상을 구하고 사람을 깨우쳐 주자고 외치지만 어딘지 틈새가 벌어져 허풍쟁이의 너 스레처럼 들릴 때가 허다하다. 「붕어찜」은 마치 모닥불이 피 워내는 온기 같다. 얼마나 절절한가. 허세도 없고 속임수도 없 다. 시의 맛을 그냥 낼 뿐 조미료 따위는 더하지 않는다. 이상 호는 시어를 정갈하게 다루지 맛깔스럽게 하려고 끼를 부리지 않는 까닭이다. 다정하게 쪄낸 「붕어찜」을 만나보면 시의 맛 이 모닥불의 온기로 쪄내야 더욱 절절하다는 것이 사실로 드 러난다. 언 몸을 녹이게 하고 아파하는 마음을 데워주려는 모 닥불의 온기 말이다. 천지에 어느 것 하나 애틋하지 않은 것이 란 없다는 가슴이 있어야 시라는 것이 가야금도 되고 피리로 도 되는 법이다. 「붕어찜」은 마치 백결 선생이 가야금으로 방 아타령을 타는 듯해 산다는 일을 새삼 정들게 한다. 생김새와 는 달리 이상호의 정감이 여린 잎새의 솜털 같다는 생각이 들 때가 많다.

거친 마음을 부드럽게 녹이는 言之가 시가 베푸는 樂이 아닌
가. 노자가 부드럽고 약한 것이 굳고 강한 것을 이긴다 했는데
이를 증명하는 것이 樂이요, 그런 樂을 우리네 마음에 안겨주
는 것이 시의 힘〔言之〕이라 하지 않는가.「붕어찜」에서는 그
런 힘이 모닥불의 온기처럼 피어나 모나게 사는 인간들을 어
루만져 가슴을 치게 하여 칵칵하게 한다.「붕어찜」처럼 시의
말이 진솔하면 시는 절로 벗이 되고 숨쉬는 존재가 된다. 그래
서 이상호는 시의 맛을 加減乘除로 흥정하지 않는다.

> 한여름이
> 초록물감을 뿌려댄다
> 너무나 원색적으로
>
> 초강력 엔진을 달았는지
> 너무나 조용하게
> 산들을 색칠한다
>
> 울울창창
> 모든 것을 삼켜버리는 심연이 된다
> 너무나 엽기적으로
>
> ─「울울창창」 전문

'樂也者始於懼'는 우리네 시정신의 바탕을 이룬다. 물론 이
를 무시한 지가 오래되었다. 서구 시론(poetics)의 탓으로 그
렇게 된 셈이다. 그러나 시정신이란 것은 상품처럼 포장해서
수입할 것이 못 된다. 이런 이치를 모른 척하려는 우리네 시단

의 기류가 고집스러워 답답할 뿐이다. 남의 허벅지 긁고 시원하다는 잠꼬대를 계속해서 어이하자는 것인지 모를 일이다. 「울울창창」 같은 시를 만나면 그런 잠꼬대를 날려버릴 기회를 얻는다. 시상의 걸림 없는 흐름이 마치 천지에 제를 올리는 마음 같다. 樂이란 懼에서 시작한다〔樂也者始於懼〕. 이는 천지를 두려워하라〔懼〕 함이다. 「붕어찜」에서 모락모락 피어오르던 모닥불의 온기와는 달리 「울울창창」에서는 망망한 천지 앞에 두려움을 거침없이 쏟아붓는 열화가 용솟음친다. 그리고 천지 앞에 겸허하라는 속내를 마그마처럼 감춰두고 있다.

시는 懼를 체험하게 한다. 이러한 우리네 詩話를 잊지 않는다면 비평이란 것이 시를 짓눌러 버리는 양상은 사라질 것이다. 시로써 인간을 탐구하고 인간을 구제한다고 여길 것은 없다고 본다. 시는 철학도 아니며 종교나 윤리도 아닌 까닭이다. 한없이 감사하는 마음으로 생사의 사이를 즐겁게 마주하고 삶을 노래하면 시는 시로서 할 일을 다하는 셈이다. 무궁한 천지 앞에 정갈한 마음가짐으로 송구스러움을 체험한다면 인간은 좀더 겸허하고 정직한 당사자로 하늘을 우러러 부끄럼 없기를 바랄 것이 아닌가.

「울울창창」 앞에 선 인간은 대단한 것이 아니다. 天地不仁이라 하지 않는가. 천지는 인정사정 없다. 그래서 "모든 것을 삼켜 버리는 심연이 된다 / 너무나 엽기적으로" 천지는 만물을 귀천으로 나누지를 않고 귀하다면 다 귀하고 천하다면 다 천하다는 소일의 뜻을 낸다. 이런 천지 앞에 어찌 인간이 오만할 것이냐고 「울울창창」이 묻는다. 그 물음은 사정없어 변명하지 말라 한다. 그러나 천지 앞에 제를 올리는 마음가짐을 체험하게 하는 시가 귀하다. 그런 까닭에 「울울창창」 같은 시는

귀하다. 겸허한 시상이 티없이 말끔한 흐름을 잡고 이상호의
시어가 창창하다.

　　물고기가 부럽다. 어항 밖에 있는 물고기가 부럽다는 생각
이 든다. 그런데 어항 밖에 있는 물고기가, 내 눈에 보이지 않
는 물고기가 과연 어디에 있단 말인가? 그러니까 나는 부럽
다는 말을 하기 위해 어항 밖에도 물고기가 있다는 상상을 하
고 있는 것이다. 어항 밖에서 자유로이 헤엄치는 물고기가 있
고 그 물고기가 부럽다는 생각이 헤엄을 치는 나는 물고기보
다 우월한가, 그렇지 못한가? 이런 생각을 하고 있는 사이에
도 어항 밖에서 유연하게 헤엄치는 물고기가 부럽다는 생각
이 내 생각의 중심을 이룬다. 그런데 그런 물고기는 없다는
소리가 번개처럼 눈앞을 스친다. 내 눈으로 볼 수 없는 것을
어찌 있다고 우길 수 있단 말인가? 그래서 나는 어항 밖의 물
고기가 부럽지 않다는 생각을 하려고 한다. 뻔뻔스럽게 그런
말을 하려고 한다.
　　　　　　　　　　　　　　　　　　—「물고기에 관한 생각」 전문

「물고기에 관한 생각」은 틈새 없이 시상을 엮어내고 있지만
「박꽃」처럼 시상을 동정의 수레로 깔끔하게 끌어가지는 못한
다. 만일 「물고기에 관한 생각」에서 "뻔뻔스럽게 그런 말을 하
려고 한다"는 言之가 없다면 실패한 시로 그칠 수 있을 게고 시
상을 몽상으로 팔아버린 꼴이 되고 말았을 게다. 돌을 가지고
부처를 다 조각해 놓아도 점안을 하지 않으면 하나의 돌덩어리
일 뿐 부처가 안 된다는 것처럼 시상이 아무리 걸림 없이 유영
한다 한들 틈새가 벌어져 늘어지기만 해서는 공연히 목에 힘주

는 꼴로 시를 범벅하기 쉽다. 이런 아슬아슬함을 이 시인은 외줄 타기를 하듯 하다가 끝에 이르러 절묘하게 위험을 벗어난다. 이는 시인이 환상도 멀리 하고 몽상도 멀리할 줄 알며 시적 방만이나 시적 유희를 외면할 줄 안다는 웅변일 수 있다. 어떠한 시상으로 시를 만들든 간에 그 시가 시상의 동정을 떠나서는 樂으로 이어지기 어렵다는 비밀을 그는 쥐고 있는 셈이다.

어항 속에 있는 물고기는 무엇을 상징하고 어항 밖에 있는 물고기는 무엇을 상징하는 시상이냐고 분석해서 해석하려고 발버둥칠 것은 없다. 그리고 「물고기에 관한 생각」에서 나는 왜 독백하느냐고 반문할 것도 없다. 다만 어항 밖의 물고기와 어항 안의 물고기와 나를 묶어서 "부럽다"는 시상의 흐름을 타고 따라가면 그만이다. 그리고 가는 데까지 가서 결국 무엇이 "부럽다"는 것인가를 물고기한테 물을 것이 아니라 바로 나 자신에게 묻는 모노드라마의 주인공으로 부상해보면 되는 것이다. 이처럼 「물고기에 관한 생각」에는 "뻔뻔스럽게"란 한마디로 엮고 엮은 시상의 흐름이 어찌 역류하는지를 곱씹어보게 하는 것이다. 이런 곱씹음은 시가 할 수 있게 하는 思之의 재미이다. 이런 재미를 悅樂이라 한다.

삶을 즐거워하고 싶다. 그러나 한사코 즐거운 삶이란 것이 부족하다. 즐거워야 할 삶이 부족하므로 詩歌舞는 내 몸에서 하나가 된다는 것이 또한 우리네 樂論이며 詩話이다. 이러한 우리네 樂論을 무시하려는 풍토가 이 땅의 작시현실이다. 이런 지경에서 곁눈질 않고 觀心하게 하는 시를 만드는 시인들은 먼 훗날 당당하고 떳떳하리라. 그런 당당함을 숨겨두려고 이상호가 "뻔뻔스럽게 그런 말을 하려고 한다"는 言之로 둘러대고 있는 것인지 모르겠다. "부러운 것"이 왜 없겠나? 어항

안이 아니라 밖에 있는 물고기를 분명 부러워하고 있건만 그
렇지 않다고 "뻔뻔스럽게" 말하려는 나는 무엇을 해야 하는
가? 솔직하게 觀心하라. 제 마음부터 살펴라[觀心]. 지금 우
리한테는 무엇보다 觀心하는 일이 급하다는 급전을 치고 싶은
모양이다.

　　關心하라는 시는 많아도 觀心하라는 시는 귀하다. 關心은
밖으로 눈을 뜨라고 하지만 觀心은 눈을 감고 안을 들여다 보
라 한다. 그 안에는 바로 나[我]라는 자신이 있다. 내 자신을
살피는 것이 내 觀心이요 내 바깥을 살피는 것은 내 關心이다.
그 바깥에는 사물이 있다. 「허리 흰 사람들」을 만나 보라. 그
러면 觀心하라는 시가 우리네 樂論의 줄기라는 것을 새삼 음
미할 것이다.

　　　바다에 다녀올 때에는
　　　바닷물 깨끗이 씻어 버리고
　　　산에 올라갔다 내려올 때에는
　　　산새 소리 깨끗이 두고
　　　빈 몸
　　　빈 마음으로
　　　돌아올 줄 알면서,

　　　정작
　　　이 세상 잠깐 들렀다
　　　다시 돌아갈 때에는
　　　모든 것 다 지고 갈 듯이
　　　제 몸보다 큰 지게를

깨끗이 내려놓지 못하네

저렇듯 허리 흰
사람들.

이는 關心을 좀 버리고 觀心을 하라는 게다. 이글거리는 欲을 덜기 시작하면 觀心은 곧 나를 가볍게 한다. 내 마음이 가벼우면 내 몸의 허리가 휠 리가 없다. 그래서 노자는 日損하라 한다. 날마다 덜기를 하라〔日損〕, 그러면 절로 나는 觀心을 하는 것이다. 그러나 사람들은 저마다 日損을 멀리하고 日益을 고집한다. 날마다 더하기를 하라〔日益〕는 쪽에 치우쳐 삶을 무겁게 하고 뒤틀리게 하여 무거운 짐을 지고 가는 군상이 바로 우리 중생이다. 결코 휘말리지 말고 觀心하여 日損의 樂을 잃지 말기를 바라는 마음이 「허리 흰 사람들」에서 울려 나온다. 그리하여 觀心이 곧 自明을 잇는다.

自身·自新·自明을 三自로 줄여 말하기도 한다. 관심하는 시는 이런 三自를 체험하게 한다. 시는 나를 절로 새롭게 하고 〔自新〕 절로 밝게 하여〔自明〕 절로 철들게 한다〔自身〕. 그래서 시를 만나 속을 트고 말을 나누고 나면 산다는 일이 반갑고 즐겁게 메아리친다. 이런 연유로 시는 본래 樂이라고 하지 않는가. 이제 시인 이상호가 불혹을 넘기더니 군더더기 없이 시상을 술술 끌어와 흘러가는 물길처럼 엮어 樂을 누려 황홀하게 한다. 이는 분명 틈새 없는 說之이다.